风语诗集

一个人的世界，一个人的歌

陈成功 著

时代文艺出版社

图书在版编目（CIP）数据

风语诗集 / 陈成功著． -- 长春 ：时代文艺出版社,2020.8
ISBN 978-7-5387-6462-8

Ⅰ．①风… Ⅱ．①陈… Ⅲ．①诗词－作品集－中国－当代 Ⅳ．① I227

中国版本图书馆 CIP 数据核字 (2020) 第 121439 号

出 品 人：陈　琛
产品总监：邓淑杰
责任编辑：刘瑀婷
技术编辑：杨俊红
装帧设计：百悦兰亭
排版制作：张　雷

风语诗集

陈成功　著

出版发行 / 时代文艺出版社
地址 / 长春市福祉大路 5788 号　龙腾国际大厦 A 座 15 层　邮编 / 130118
总编办 / 0431-81629751　发行部 / 0431-81629755　北京开发部 / 010-63108163
官方微博 / weibo.com/tlapress　天猫旗舰店 / sdwycbsgf.tmall.com
印刷 / 黑龙江艺德印刷有限责任公司
开本 / 880mm x 1230mm　1 / 32　字数 / 150 千字　印张 / 10.625
版次 / 2020 年 8 月第 1 版　印次 / 2020 年 8 月第 1 次印刷　定价 / 68.00 元

图书如有印装错误　请寄回印厂调换

作者简介

　　陈成功，1960 年出生于陕西关中信义镇陈家滩村。经济管理专业本科毕业，在职经济法研究生学历。早期从事银行、保险、信托等金融行业，后长期在区政府、市政府工作，时逾三十年。农家出身而几代书香，少幼清苦而夙有向往，中年波折命运多舛，坎坷迭至而不废自信，生活屡挫而不失本色。重道敬业却事有鲜成，虽嗜好读书，崇尚诗文，却少有建树。除时有经济类专业文章发表外，有少量散文、杂文发表。2017 年病休后开始尝试诗词创作。

全家福（2017 年 8 月）

一张全家福——一张有缺憾、不圆满的全家福。拍摄时太太病重，小孙子尚未出生。今天，小宝宝来了，而对他的到来望眼欲穿的奶奶却已经走远了。世上人生事，从来两难全。

作者（1992 年 6 月）

尽管脚下的道路有时很崎岖，但谁都曾经走进过鲜花丛中。有数千年的树木，却少有百岁以上的人生。这正是我们眼前的生活应该被热爱和珍惜的理由。

作者（1999年）

我看这时而变幻、时而静止的世界，既波澜壮阔又象一幅定格的图画。在别人眼里，我可能也是画中的角色，也是既专注而又迷茫的矛盾体。谁能说得清呢？

作者与儿子、儿媳、孙女、孙子（2020年）

从来人生事，何处见圆满！少一人的全家福，也算是缺憾的美满。过去的只能放回到记忆中，一切所有的美好愿望和寄托，唯有放眼于茁壮又光明的未来。

作者（1997年）在办公室

　　我们无论在干什么，其实都是一份自食其力养活自己的工作，也是个人的事业。至于对社会影响有多大，很大程度不是自己说了算。一枝秃笔头，爬了几十年纸上的格子，虽然没有多么大的建树，但也算是对社会的一份贡献。

作者与夫人、孙女（2018年）

　　你我无所选择地来到人世间，芸芸茫茫中我们选择了牵手，风雨坎坷地一路走到这里，你却不能与我相伴未来。你遗恨没有看到明天，但却看到了我们怀抱中这美好的希望。

把一切交给未来和远方

　　我好读书，却读得不够多，也不够深。我喜欢观察事物，却观察得并不十分全面，也不十分透彻。我习惯于思考社会生活当中的所有问题，却所悟不多，明白者寥寥。

　　上下几千年的人类文明史，人们不断努力着从儒、释、道和其他多种途径，一刻不停地探索和解读客观世界与现实人生。然而迄今为止，应当说能清晰认知的不过十之一二，不甚了了者依然十分庞大，向前探索的道路还非常漫长。特别是关于人生，这似乎是一个既永恒、又无限复杂的庞大课题。古今中外，人们无论层次，不关地位，不分职业，似乎都在程度不同、切入不同地思考和探索，孜孜不倦地追寻自己的答案。由于立场不同，当然结论也各不相同，所以才出现了人生观和价值观的千差万别，很难有一个公认的标准。

在整个社会进程和人类历史当中，有无尽的文化现象、社会矛盾、人生命运……福兮祸兮，林林总总。说不清道不明的喜怒哀乐，酸甜苦辣，起起伏伏，风风雨雨，幸与不幸，等等，共同构成了人类生活的基本内容。就个人的境遇和体会，这些全然都是人生，都是生活。一般都是公允的，没有厚此薄彼。普遍的矛盾与冲突，往往作为社会问题或者生活问题，事实上都比较容易化解，通过调整是可以释怀的。可一旦加入感情因素，伤害就会变得深刻而彻底。生活中，背叛的事情时有发生，利益关系的分分合合也是正常的，而单方面长期巨大付出而形成的离与合，哪怕是至亲至爱的人，在趋利避害的本性下，在将会带来麻烦的时候，也会毫无犹豫的背身而去。这无疑是一种伤害，也是很多人无法理解和无法接受的。人生之不如意，十之八九。我们不认识、不理解的客观世界，我们不掌握、不明白的真理，可以去探索但不必太纠结。

不要以为自己为社会、为事业、为朋友和家庭做过多大的贡献，为公为私做出过多大的牺牲，就被谁欠了什么；不要以为自己在多少人的关键时刻、关键事件上帮助了他们，改变了他们的命运，给予了他们期望的前途，就产生一种救世主的心理，认为带给了别人多了不起的恩惠；不要以为会有什么人的一生自始至终都是春光明媚，鸟语花香，走在充满光明鲜花的平坦大道上；也不要以为会有哪些人的一生一直都是阴云密布，充满风霜雪雨，且始终陷于艰困挫折中而水深火热。

不要总是认为自己怀才不遇或者命运不济，人的命运完全掌握在自己手里。客观社会是公平的，如果有什么问题，应当低头认真反省自己，不要怨天尤人。大善是纯粹的。这样既不伤害别人，也不伤害自己。人从一出生开始，就在不断失去的过程中。对于发生在身边的，无论是天灾人祸，还是生离死别，哪怕是以德报怨，需要的都不是愤怒怨恨，一味哀伤，而是平静坦然地面对。人与人之间的感情纠结、恩怨情仇必需要超脱起来，一笑风云过。我们应该接受任何人按照自己的道德观、价值观与行为逻辑处理问题，选择他的立场和生活态度。而自己只需要坚持个人的做人原则和生活态度，按自己既定的逻辑和方向，走自己的路。不要试图改变什么人，也不要试图改变什么事，更不要试图改变规律。当一切变故发生时，无论愿不愿意接受，能不能够接受，都必须坦然面对，努力接受并从容地消化它。有许多事情，该放下的一定要放下，该放手的时候一定要放手。放不下只能变成无可奈何的负累，压垮自己。凡事，年轻人是看清比看透好，这样不会失去前进的锐气和动力；老年人则是向前看比向后看好，避免陷入往事的纠缠，这样才不会失去始终向前的生活勇气。特别是身在困境的时候，放下最为重要。

天灾是自然现象，生离死别、人情冷暖，是现实规律。既然无法抗拒，就只能顺应。为什么不要去努力试图改变，就是因为根本做不到。非得去勉强为之，既于自己有害，又与别人无益，最终会把自己逼入死胡同。这些显而易见的道理，人们都懂。但是坐而论易，躬身行难。人们面对人生中的种种不如意，频繁的挫折和打击，面对突然突如其来的生死存亡与伤害，面对亲情的冷漠与舍弃，面对接踵而至的不幸与变故，面对误会与不解时所产生的困惑、伤感、痛苦、孤独与绝望，最好的态度就是把所有这一切先放下来，千万不要成为精神上的负担。在没有光明的日子里，就连自己的影子都会离开你。从来人生祸福，无人先知先觉。该来的终归会来，要去的谁也无法挽留，没有的也终将无可追求。还是事来心应，事去心静的好。物竞天择，万事万物，都是自然衍进与时间磨砺的产物，人的主观作用和结果都是有限的，最好的方法有两个，一个是把所有无能为力的问题，都统统交给时间解决，另一个是不能自拔时，拥抱大自然。天地间最伟大的力量是时间，它能化解和改变所有的一切，不管是物质的，还是精神上的。洒脱地走出去，走进大自然。大自然胸怀最大，最具包容性，能够提炼和升华人的灵魂，能带人们走出困境，能给予人们一个无限广阔的天地。在大自然当中，回看人间那些纷纷扰扰，结论往往是可笑且不值一提的。

对于永恒的世界和广阔的人生，每个个体都是匆匆过客。而在我们不长的一生中，往往最容易失去的就是你最宝贵的东西。所以，才更应该尊重自己，珍惜尚在自己身边的人和当下所拥有的一切。先贤曾说："耐得寂寞是圣贤。"这话对，但没说完。耐得寂寞固然好，但不能在寂寞中颓废，演变成寄生虫或行尸走肉，而是应该心有所思，身有作为，为所能为而不违背规律。我们应该努力使生活在任何情况下，都因充满能量而积极向前。生活总在继续，我们都应该快乐而且有向往、有品质地生活下去。愿所有正直善良的人，都能幸福平静地生活，都能笑着面对种种坎坷曲折，在任何时候、任何情形下，都不屈不挠、毫无反顾地前行，向前追寻远方的诗意与音乐所创造的歌声。

愿意将这如风一样无足轻重的诗句，唱咏给如风一样一去不回的岁月，也作为对未来的期冀和献礼。

是为序。

2020年1月

目录

风语
诗集

自　　嘲

不谙平仄韵，
偏要把诗吟。
满腑话难叙，
学少不成文。
生凑凌乱句，
期诉一壶心。
鉴我得与失，
肝胆如昆仑。
义正昭子孙，
欲启后生奋。
我自述我想，
是非何足论。

2019 年 7 月

连 日 大 雪

迢迢不知何处来，
碗大雪花乱纷纷。
山河素妆冰玉城，
芸芸万物白无痕。
狂风卷雪如飞云，
雪天雪地难辨分。
壮观如此不敢吟，
敬畏前有沁园春。

2019 年 12 月

夜　风

何处一阵风，
帘动影重重。
门开书自翻，
窗外星月明。

2019 年 7 月

无　题

我原一狂人，
曾怀包天心。
岂料时不与，
潦倒到如今。
万卷腹中烂，
破衣加瘦身。
只余意气在，
怅叹误风云。

2018 年 7 月

关中自古帝王地

山河形胜帝王

气河西草子久

豪杰云卷云舒

黄风起

岂曾写关中诗一首

己亥年季月华功书

作者书法习作——原创《关中》

作者（1980 年）

雨后拂晓

日出彩云里，
净空天如洗。
草木竞抖擞，
苍苍大地碧。

2019 年 7 月

惊　鸟

一阵夜雾弥，
百鸟丛林栖。
行人步匆匆，
扑扑急散去。
人无害鸟心，
鸟不解人意。
世上多少事，
相误非相逼。

2018 年 11 月

飘

处处无家处处家，
事事无奈事事为。
人如黄叶随风落，
一句文章东方白。

2019 年 8 月

竹

簇拥角落里，

默默不争景。

繁茂碎叶青，

道道节不穷。

无畏冰霜残，

生生清气正。

狂风不折腰，

浴火又重生。

2019 年 7 月

松

山上有巨松，
深根悬崖中。
风摧多折枝，
千秋撼不动。
白云脚下生，
薄雾绕树顶。
不惧霜雪寒，
劲岸入苍穹。

2019 年 7 月

梅

相伴冰花雪纷飞，
绚烂独放一株梅。
笑迎朔风苦寒开，
自信前头春明媚。

2019 年 9 月

苍　　鹰

枯桐未落地，
离凤已万里。
山头冰玉松，
苍鹰枝上立。
不学凤富贵，
潇洒弄风雨。
待到漫天雪，
一飞恨天低。

2018 年 6 月

登 秦 岭

西接昆仑到东溟，
余脉华岳破天峰。
南望苍苍长江壮，
北向大漠黄河雄。

2019 年 7 月

读　史

自负入迷途，
虚妄无春秋。
立命点滴事，
轻浮蹈耻辱。
谋定善运筹，
佐道岂可走。
功业步步营，
捷径生近忧。
处心付东流，
脚踏实地厚。
强为不当为，
呜呼一朝休。

2019 年 7 月

世　态

秋来绿树红，
夜降星月明。
临祸人四散，
释怀风云轻。

2019 年 10 月

无　　题

水落飞鱼难，
风狂秀木断。
冰霜花凋零，
巨浪水覆船。

2019 年 7 月

惜　　时

天地往来两悠悠，
日月星云知多久。
一日时时须珍惜，
不叹人生太短促。
生命能予仅一次，
难比草木春复秋。
诸君奋起争朝夕，
蹉跎及老恨不休。
多少大业初展开，
转眼人生到尽头。

2019 年 5 月

爱 剑 兰

剑兰虽非人，
独予感情深。
爱其身心直，
碧透无芳芬。
不羡花夺目，
寂寞有自尊。
处境凭严苛，
达观日日春。

2019 年 7 月

登　山

久已不登高，
偶尔至山巅。
抬头蓝天近，
俯看尘世远。
心思寄遥琴，
身在白云间。
做人烦愁多，
学仙方悠闲。

2019 年 7 月

少 壮 可 期

先生为先知，
后生通达早。
长幼虽有序，
大才何须老。

2020 年 3 月

远　村

年少离家乡，
岁已隔四十。
虽为斯村人，
不知村中事。
人事多异故，
相近更无时。

2019 年 7 月

雄　　心

虽生华发早，
雄心尚未老。
华盖运多舛，
坎壈身不倒。
意气追后生，
敢与争年少。

2019 年 7 月

暮 年 修 为

宁与君子争，
不谋小人面。
身离纷扰远，
莫为滥事缠。
排山倒海来，
一人岂能挽。
气平诸方清，
心净人泰安。

2019 年 7 月

南 飞 雁

楚天高飞雁，
孤影落晖残。
绝意南飞去，
不知家已远。

2019 年 7 月

闲　适

斗转星移明，
彩云着霓裳。
闲坐看寒暑，
漫步思文章。

2019 年 7 月

喜　讯

清风突来天欲晴，
遥知红日在途中。
积日阴霾将散尽，
正是春雨醒残梦。

2019 年 5 月

书 剑 家 风

君子生来具神明，
圣人拂袖凡尘空。
家多储书生墨香，
书剑少年当大成。

2019 年 7 月

白　杨

无顾身心直，
枝干齐向上。
少有送瞅睐，
艰难自成长。
冬来落叶尽，
当春复茁壮。
位卑多奉献，
谁堪比白杨。

2019 年 7 月

顺 其 自 然

江河水，

湍流急，

直下东溟头不回。

星光微，

夜梦起，

无常人生意难遂。

朝霞飞，

春明媚，

只须望远莫强为。

2019 年 7 月

个　　性

大千纷呈相似少，
冷暖舒困自己晓。
江山依旧时代新，
何必强要人夸好。

2019 年 7 月

无　　题

一生做人胆气豪，
不事权贵不折腰。
老竹折枝贵有节，
富价盛宴唤不到。

2019 年 7 月

贵 在 行

坐论万事空，
贵在付诸行。
江河来天外，
奔流从未停。
人生当自信，
不废一世名。

2019 年 7 月

忆 济 南

南山观湖城，
九岩拱七点。
池荷处处开，
水涌细浪翻。
户户清流淌，
不竭家家泉。
水草似摆柳，
湖中看云天。

2019 年 7 月

武 汉 城

通湖相接三分城，
锁江两岸鬼蛇山。
俯看一派茫茫水，
水似汪洋城如船。

2019 年 7 月

山西王家大院

王府楼高庭院深，
金字如斗朱漆门。
家佣壮丁三千众，
一家树绿半城春。
四代豪富遍五湖，
月升日落一车金。
时光穿越当年盛，
势逼皇城小紫禁。

2019 年 7 月

小 河 公 园

沈河南北穿城过，
新城旧城以水分。
两岸垂柳树荫浓，
园成狭长幽径深。
遍是密林群鸟啼，
空路寥寥少游人。

2019 年 7 月

游　湖

一湖秋水三江树，
两只游船四杆灯。
五老谈天七少唱，
六鹅游过八角亭。
九级台上十雄狮，
不定东西南北风。

2019 年 9 月

林 间 散 步

小屋前头林稀疏，
步向河边曲径幽。
随心走入几回折，
看到黄叶知已秋。

2019 年 10 月

祖 孙 游 春

和风丽日天初晴，
牵手孙女游湖东。
岸边花埔片连片，
各色盛开多样红。
绚烂美景不自胜，
幼儿不抑兴奋情。
率真跃跃追蝶去，
寻踪跑入花丛中。
微风轻摆小花裙，
三尺影动与蝶同。
口内急唤爷爷来，
笑声朗朗如黄莺。

2019 年 6 月

草原大槐树

旷寂草原独立树，
雄拔疑似撑天柱。
阅尽寒暑岁月老，
罕有人迹百鸟宿。
隆冬过后阳春暖，
怒放雪花开无主。
飞来采蜜蜂千万，
共鸣阵阵如击釜。

2019 年 7 月

野　竹

路边竹丛丛，
身直节节明。
个个争向上，
细叶如刀锋。
阵阵清风来，
飒飒正气声。

2019 年 7 月

秋 夜 思

秋夜渐冷寒风劲，
吹落黄叶遍地金。
梦里故乡咫尺远，
夜登高楼月近人。

2019 年 8 月

崖 边 草

恨见孤草崖边生，

不得自主怨西风。

霜寒烈日交相逼，

但看高处绿葱葱。

2019 年 7 月

立秋日夜雨

昨夜风雨送秋凉，
满城处处落叶黄。
街上行人多悠闲，
园中乐鸣有人唱。

2019 年 8 月

儿　　时

家在渭水边，
滩上有瓜田。
玩伴三五个，
夜色潜入栏。
窃得瓜数个，
不敢转家还。
席地急食之，
归时夜阑珊。

2019 年 7 月

夜　书

夜深小灯暗，
壁上书万卷。
踱步搜枯肠，
文章一句难。

2019 年 7 月

步 行 志

休言路漫漫，
我今迈从头。
一去十万里，
存息步不休。
前路尽屹岖，
万难不辞走。
何惧天涯远，
冰雪复雨骤。
踏平荆棘路，
一任血汗流。
遥途不胜步，
豪迈寞停留。
峰高在脚下，
气象一眼收。
铁鞋踏破时，
万事去悠悠。

2019 年 7 月

夏 日 傍 晚

晴空列战云，
落日灿若金。
无风天蓝透，
静树影森森。

2019 年 7 月

黄 河 龙 门

滔滔黄河入壶口，
奔腾跃出震天吼。
狂浪激荡百丈高，
南裂平原千里沟。
乔山中条收龙门，
激流至此不自由。
日夜咆哮九省闻，
冲断青山不回头。
飞过龙门水如潮，
直逼华岳复东流。

2019 年 9 月

飞　鹰

云深天幕垂，
雄鹰正奋飞。
自信乌云后，
艳阳万里辉。

2019 年 7 月

强　韧

人祸天降重重逼，
山崩地裂尚屹立。
纵使遍体伤累累，
誓不弯腰把头低。
虽是清寒贫如洗，
白虹贯日存骨气。
若肯迈步自有路，
泰山压来不屈膝。

2019 年 7 月

达　观

身非金刚体，
焉能无百病。
风云既难测，
福祸亦常情。
天长人向往，
日短悲莫生。
珍惜所拥有，
寡欲心自静。
回望来时路，
常忆往昔景。
尘世繁嚣乱，
闲自在心中。
去日未可料，
多虑伤无凭。
人生一程旅，
长短两由之。

2019 年 7 月

夜 读 唐 史

朝野清明若夜空，
皓月一轮众星明。
凌烟阁里忠良多，
鼎盛长安四海平。
从此君主驰朝纲，
昼夜宴舞未央宫。
长生殿前泪如雨，
盛世一去似追风。

2019 年 7 月

步唐寅桃花庵诗韵格二首

一

别人笑我穷孤单，

我笑他人太肤浅，

今日颐指唤风雨，

明日城外墓一片。

做人不该眼光短，

风光到头皆一般。

纵是豪富有金山，

极致任性生祸端。

二

别人笑我少才干，
我笑他人无内涵。
自负未必腹经纶，
卖弄好为人前显，
半知半解纵横谈，
傲视江湖力拔山。
只将成败论英雄，
屈子大才能何堪？

2019 年 7 月

王俊民教授

少年壮志出蓝关，
学海扬帆六十年。
才识渊博贯东西，
德高更是须仰见。
专业精深品自高，
桃李蹊下不必言。
名在殿堂身布衣，
大家风范磊非凡。

2019 年 7 月

酷　夏

炎夏烈日似火红，
大地欲燃热浪涌。
百鸟不飞藏何处，
只闻苦蝉不住鸣。
日间万物锅内烹，
夜来风静如蒸笼。
草木难熬与人同，
送雨凉风渺无踪。

2019 年 7 月

望 家 乡

家乡北望月朦胧，
牵挂亲邻可安宁。
近水滩上野村老，
乡风淳朴人情浓。
朝霞炊烟听晨钟，
暮有蟋蟀鸣草丛。
早年父母愁衣食，
田上归来灯下缝。

2019 年 7 月

低 调 做 人

劝君何须气熏天，
人生如潮起伏间。
一旦攀上最高处，
跌若落叶势必然。
升腾不下是青烟，
世道轮转长盛难。
曲到高潮低声唱，
人唯自负才狂言。

2019 年 6 月

流　　泉

百条清泉出秦岭，
割断秦川千里平。
清澈激流到渭水，
涌成波浪掉头东。
由此绿水失本色，
冲入黄海再无踪。

2019 年 8 月

光 明 在 前

残刀岁月何时尽，
但待东风扫阴霾。
忽闻阳春脚步响，
抬头天边已朝辉。

2019 年 6 月

渴　望

十年华盖远，
心伤累累痕。
不知四季里，
可得一日春。

2019 年 8 月

登渭阳楼

关中夜阑月如勾，
渭阳空楼朔风吼。
窗前犹念伍子胥，
纵使粉身不低头。

2018 年 11 月

读 书 人

世像红尘拜黄金，
多余满腹储经纶。
可怜潦倒读书人，
老来衣食且难问。

2019 年 8 月

访周原遗址

末夏白日灿，
相邀登周原。
文明孕育地，
紫气碧云天。
风吹乾坤久，
往事数千年。
当年周公志，
策马出岐山。
始制礼与乐，
教化由此衍；

东方之文明，
脚下初发端。
岁月几沧桑，
大成铄人寰。
周礼生百儒，
主宰天地间。
文明出东方，
往来几万年。

2019 年 8 月

登凤凰山望秦川

秦川四季夜月照，
夏来气清秋天高。
漫铺春光寒霜近，
不知兴替多少朝。

2018 年 3 月

冬　夜

寒夜漫漫腊月天，
莫名丝丝乱愁烦。
坐卧辗转灯几明，
东窗日高尚未眠。

2018 年 12 月

风语
诗集

人老闲趣多爱
将往事忆天暮
茶色溪窗外雨
声稀庭未况寂
寂寞之不添衣
旧书翻织糊
涂入梦里

誊晚年诗一首
己亥中秋李玲书

作者书法习作——原创《晚年》

作者（1983 年）

枯夜冥思

独坐寂寥暗灯前，
心潮不定思绪乱。
明月隐入浮云后，
笔下三更无一言。

2019 年 8 月

无　　题

世上何曾论曲直，
君子寥寥凡人众。
宝剑不敌舌锋利，
人无非议不常情。

2019 年 7 月

题朋友湖边晚照

岸明湖水浅，
日暮天色蓝。
波光映灯火，
幽静落晖远。

2019 年 6 月

青　春

人生无事不可为，
唯恐怯怯不敢想。
追求若在最高峰，
精彩绕尽云岭上。
平地惊雷一声响，
无愧泰山石敢当。
善谋更须重力行，
不废青春搏一场。

2019 年 6 月

树 下 小 藤

生根池土浅，
身柔意志坚。
无畏狂风摧，
耐得冰霜寒。
不计枯荣替，
一心攀顶端。
今天脚下长，
明日高参天。

2019 年 6 月

春

绿似一只歌，
万物无声唱。
成长并收获，
由此生希望。

2019 年 3 月

回　望

少年意气别故乡，
风雨征程路漫长。
白头难寻来时路，
得失炎凉已饱偿。
前行目标愈渺茫，
归去庸庸独感伤。
人生百态皆精彩，
一朝放下坦荡荡。

2019 年 6 月

淡　　泊

繁华皆成空，
如灯风中熄。
往事一缕烟，
化在蓝天里。

2019 年 6 月

细 雨 园 中

薄雾烟雨霏，
林疏绿叶翠。
细柳丝丝下，
颗颗珍珠坠。

2019 年 6 月

读 史 有 感

自视才高负精明，
傲气无骨浮华轻。
劝人莫学吕国相，
恃才身死废功名。

2019 年 6 月

雨 中 漫 步

细雨如丝天垂幔，
身上塑衣手中伞。
远望蒙蒙黛色重，
眼前绿树草青岚。
听雨柔声诗情燃，
一扫愁雾意境远。
悠然怀想步从容，
赏心霁雨与风伴。

2019 年 7 月

归　　航

归心情切急入船，
回看大雾锁江岸。
忽闻远处有人唤，
舍弟夫妇送我还。

2019 年 6 月

暴　雨

风卷墨云暗重重，
严笼四周风不动。
惊雷一声电裂天，
大雨瀑布泻如倾。
对面雨帘看不见，
驱车掀水浪成峰。
人行艰难已没膝，
大树高楼泽国中。

2019 年 6 月

无　　题

在外人情薄，
归家又如何？
孤寂影随人，
无异在漂泊。

2019 年 6 月

月 夜 游 园

空屋生闲愁，
独自向园游。
夏夜青天高，
桥下听溪流。
银光如水柔，
林木乱石沟。
婆娑树多姿，
人踪未见有。
幽处丛丛竹，
月明花影疏。
蝉静清风来，
摇曳入画图。

2019 年 7 月

夏　　天

夏日阴晴孰可知，
疾雨难逃周身湿。
涤然雨住云天蓝，
抬头远望虹千尺。

2019 年 8 月

不争一时雄

星辰难与月争辉，
池塘大海不比水。
任谁挥手得风雨，
高低来日一处归。

2019 年 6 月

论　与　辩

百家诸子多争鸣，
英雄所见只略同。
思想火焰碰撞出，
何况我亦非英雄。

2019 年 6 月

月 下 漫 步

酷热无风小屋闷，
人事多逆心气沉。
烦躁郁郁出家去，
夜深城外不见人。
四野静寂鸟无痕，
明月倾泻一地银。
独自迈步不觉孤，
繁星当空怡身心。

2019 年 6 月

关 中 古 地

黄河西望八百里，
古来关中京畿地。
王朝兴替知多少，
亦然不绝帝王气。

2019 年 6 月

劲　草

劲草知风疾，
雪卷寒潮袭。
狂飙过石岗，
弱身仍屹立。

2018 年 10 月

大　雨　行

一夜雨未歇，
晌午更骤急。
雨点密集下，
遍地水花起。
毅然出门去，
快步三十里。
风动雨丝斜，
伞下遍湿衣。
杂污去无踪，
街路净如洗。
脚涉积水深，
淋漓快我意。

2019 年 6 月

蜕　变

少时曾是铁骨汉，
老来脆弱易伤感。
石在山上锋如刀，
跌入河川圆如卵。

2019 年 6 月

剩雪伴日落溪夜风雪未
平明突见雪半尺范之白
一派瓢是飞雪雪时雨点难
飘漫了阳光遍地雪天意
堪猜

习作一剪梅　晴雪词　一亭　己亥冬毕功士

作者书法习作——原创《一剪梅》

作者（1990 年）

陈家滩村

华岳南望秦岭北，
东眺黄河渭水西。
沃野滩上千户村，
世代祖居我故里。

2019 年 6 月

六 十 感 怀

花甲心竭满头霜，
百转纠结生惆怅。
往事烟消随风散，
化作一杯清茶香。

2019 年 6 月

文　境

天下文章妙，
尽非手笔高。
人若不读书，
何来传世好。

2019 年 6 月

和 而 不 同

你我登山山不同，
君见横岭我见峰。
抬头石上松苍劲，
低头深涧流水清。

2019 年 6 月

访友人茶庄

东街浙云桂，
主人雅好客。
相逢不言茶，
津津论明德。
重商尤重道，
虔虔佛心悲。
一壶煮乾坤，
世事杯中波。

2017 年 8 月

夏日暴雨前

阴沉当午暗天低，
湿气近人云欲雨。
飞燕掠地不盈尺，
风静热浪蝉鸣急。

2019 年 6 月

荷 塘 黄 昏

荷花池里荷花稀，
荷花池边柳林密。
流萤伴着蛙声飞，
绿水近岸落霞低。

2019 年 6 月

难生花发早雄心
尚来老笔墨运手
好欢撑身心倒意
气近後生取兴争
争少

习字雄心诗一首
己亥年夏笔勃笔玉

作者书法习作——原创《雄心》

致 朋 友

当为之年须当为，
放手时到应放手。
人生纷纭知进退，
青山自明水自流。

2019 年 6 月

登石鼓山遇雷雨

石鼓山上战鼓擂，
石鼓山下飞马催。
南天雷鸣瓢泼雨，
北望风轻彩云飞。

2019 年 6 月

少　　年

朝霞万丈是少年，
勿将理想付明天。
不待夕阳空蹉跎，
人生韶华何其短。
一夜青丝白霜染，
急起拼搏正当前。
成败往往一步迟，
莫做流水千古叹。

2019 年 6 月

答 朋 友 问

我家无所有，

窗外红日高。

心如湖水静，

清风四僻绕。

三餐粗食多，

夜来闻归鸟。

灯下翻旧书，

清茶助悟道。

2019 年 6 月

赠远乡朋友三首

一

君在故乡远喧嚣，
虽已白发人未老。
闲种枣树三百株，
夜睡迟迟见日高。
布衣粗食自觉好，
怡情爱向林间绕。
天浮白云送风爽，
暮中清茶话逍遥。

二

乡间何所好？
云白蓝天高。
憩静炊烟淡，
小村绿树绕。
人事纷争少，
凡俗德风好。
相聚说古今，
宏论为一笑。

三

日月陪我老，
徨论暮与晓。
壶中乾坤大，
杯里风波小。

2019 年 6 月

孤　　趣

身在何处即是家，
管它海角与天涯。
风霜雪雨任由之，
来去都开逍遥花。

2019 年 6 月

沙 尘 暴

望眼碧空白云淡，
为舒胸臆登古塬。
刹时朔风平地起，
黄土飞扬地连天。
飞沙袭来难睁眼，
纷纷入口一餐饭。
劲风吹我长发乱，
衣穿金甲尘满面。
四野万物如卷席，
暮春咆哮刺骨寒。
人如醉酒飘落叶，
车行犹是浪里船。

2019 年 5 月

儿 时 伙 伴

儿时玩伴皆鹤发，
数十年中各天涯。
落叶之期再相聚，
笑忆往昔口无牙。
个中艰辛泪一把，
万贯家财无须夸。
不唤乳名难相认，
一夜长醉别韶华。

2019 年 5 月

高 速 铁 路

渭城郊外夜送客，
东西银龙飞南北。
灯火阑珊一声笛，
千里客归我未归。

2019 年 6 月

高　飞

意乱恨天低，
怒气入重霄。
云上千万里，
回望落日高。

2019 年 6 月

安 其 所

龙入大海安，
鹤乡彩云间。
骏马驰草原，
猛虎威重山。
鱼翔清江浅，
鹰击长空蓝。
我本一庸人，
自在不高攀。
但凭他人议，
不屑毁誉谈。
万物得其所，
见谁能十全。

2019 年 5 月

明　　志

崇山峰高临深渊，
大海幽深有浅滩。
人穷未必就志短，
身衰岂敢忘尊严。

2019 年 5 月

往　复

年年得春风，
岁岁有寒冬。
枯荣人生世，
高低一样同。

2019 年 5 月

关中多才俊

关中自古桑梓地，
山河形胜帝正气。
河西子弟多豪杰，
云卷云舒黄风起。

2019 年 5 月

狂　人

一地一山险，
十里不同天。
阳关有大路，
崎岖重山关。
五味心头绕，
各自有悲欢。
炎夏冷风疾，
凉热不须言。
君自当努力，
福寿疆有边。
敢为人上人，
昌盛无百年。
气势撼山河，
颐指遍人寰。
春风慢得意，
繁华一瞬间。

2019 年 5 月

人 生 轨 迹

人之初始齐奋飞，
远近高低如花坠。
贫富长短虽不同，
殊途终是一同归。

2019 年 5 月

卧 病

老迈身多疾，
久不出柴扉。
终日忆逝亲，
夜阑昏入睡。
依稀见高堂，
问我饥寒累。
哀鸿一梦醒，
榻上双泪垂。

2019 年 8 月

清　　心

是谁赋予我挣扎，
莫如慷慨还归他。
胸怀大度身心轻，
不负阳春遍地花。

2019 年 7 月

归　局

少壮学人做英豪，
到老方知为鸿毛。
也曾仗义残自身，
其实终了成一笑。

2018 年 6 月

晚　　年

人老少闲趣，
多将往事忆。
天暮茶色淡，
窗外雨声稀。
夜来冷寂寂，
瑟瑟不添衣。
旧书翻几张，
糊涂入梦里。

2019 年 5 月

柔者亦强

狂风飞石天门破，
掠过余生寸草多。
天下万物皆如是，
过刚易折不胜弱。

2019 年 5 月

活 自 己

一人一世界，
各自不同天。
自信行从容，
命运难一般。
东邻车马喧，
西舍静凄寒。
人生本如此，
冷热皆坦然。
豪杰春风暖，
君子凄惨惨。
圣人何寂寞，
孤独卫尊严。

2019 年 5 月

送 友 行

送君天涯壮豪行，
摆酒相践十里亭。
未迈一步又盼归，
此去海平满帆风。

2019 年 5 月

无　　题

非是丈夫不流泪，
饮泣和血入肠咸。
累累伤痕口难言，
刀痕再深自己舔。
爱之愈深愈无声，
恨之越切越淡然。
有心翻覆乾坤倒，
无力济海挽巨澜。

2019 年 5 月

父 母 恩

我生艰难时，
去留两不知。
高堂苦煎熬，
养儿于不死。
兄妹共四人，
吾幼成人迟。
独幸得父荫，
更享母心慈。
送我凭东风，
方遂人生志。

2019 年 8 月

心 潮 平

脚下困崎岖，
伤心如水静。
荣辱终已去，
无非路一程。
生死自由之，
任他春与冬。

2018 年 6 月

余志未泯

身累精疲心难歇，
不恋功利只重节。
夙夜日日为人人，
朝暮匆匆头飞雪。
春秋往来俱日月，
沥尽心血未豪杰。
苟获一身累累病，
空余青云志未灭。

2018 年 7 月

困　　屋

贫病交困深，
夫妻久卧病。
风卷残雪飞，
天暗寒屋静。

2018 年 11 月

晚 景 独 好

暮来孤飘零，
更著寒霜凝。
江河去不返，
蹉跎事无成。
病老庸且穷，
却恃志清明。
独自对斜阳，
风骨如长虹。
不屑金玉山，
何慕车万乘。
乐见一同道，
能与说心声。
邀君入草棚，
举杯品酣茗。
沧桑道不尽，
皆在一壶中。

2019 年 6 月

不 改 初 衷

横刀今有谁，
孑然老泪垂。
瘦雀枯枝上，
哀鸣天将黑。
往事无厚非，
平生何须悲。
一任风雨再，
绝意要高飞。

2018 年 6 月

雄 心 亦 然

想追春晖阻阳关，
意欲擎天百病缠。
常怀乘风揽月志，
愈是身老意越坚。

2019 年 6 月

绝 处 新 生

星光初隐去，
旭日已升起。
回峰前路绝，
风来生双翼。
枉自叹雨冷，
空有云裳霓。
尽忘旧时月，
便是新天地。

2019 年 6 月

邀 同 游

一人一世界，
各自不同天。
信步脚下路，
随心各自然。

2019 年 5 月

致友人二首

一

世间有苦莫过心，
天下最大是胸襟。
虽远尽在境界里，
人生贵重非是金。

二

奔波饥渴双目眩，
冷清还家无水电。
匆忙蒸热一碗水，
泡馍有汤亦有饭。

2019 年 5 月

无 题 二 首

一

山远白云淡，
天高急飞燕。
纷扰人与事，
耿耿愁断肠。

二

艳阳生诗意，
骚客古书里。
豪气非丈夫，
能酒赋狂曲。

2019 年 5 月

观 海 潮

茫茫尘世水如天，
匆匆人生弹指间。
彩云绿枝晴方好，
旷心淡行意坦然。

2019 年 5 月

炎　凉

屋外汗气蒸，
房内凉如冬。
世上孰热冷？
常乎比人生。

2019 年 5 月

春　花

一枝红花绿丛开，
无需呵护春风裁。
不惧频频劲风摧，
怒放艳阳有胸怀。

2019 年 5 月

蚕

但求奉献无所求，
丝尽沸水一命休。
谁知蚕受煎熬苦，
满街十色绫罗绸。

2019 年 5 月

过 名 人 府

光景如何自己过，
布衣粗茶且为乐。
翻江倒海风雷激，
强弱都是一只歌。

2019 年 4 月

生 日 感 怀

秋雨冬雪总相伴，
春光丽日难一见。
来世倘若生为男，
再仗青锋破楼兰。

2019 年 4 月

人 生 如 潮

亘古人生春江潮，
波澜壮阔一时消。
太多感慨奈若何，
心轻万事如鸿毛。

2019 年 5 月

缘初忆记

人似君子兰，
高贵且优雅。
两眼若天池，
厚积当薄发。

2019 年 3 月

答种花朋友

春花永往复，
人生几度秋。
起伏本无常，
亘古水自流。
人有赏花意，
花却不知愁；
大野空悠悠，
万古一眼收。

2019 年 3 月

晚　省

年近甲子未悟道，
呕心沥血蹉跎了。
从此万事不萦怀，
自当倚剑向天笑！

2018 年 4 月

心 无 畏

霜似残冰风如刀，
独上昆仑崎路遥，
苦痛怎敌豪情壮，
澎湃激荡血在烧。

2018 年 6 月

夏 日

天凉不是秋，
伏日冷飕飕。
世俗一把刀，
孤愤已该休。

2018 年 7 月

散　　宴

众星捧月饕餮宴，
昔时盛况不再现。
古来贵贱皆如此，
有宴必散枉自叹。

2018 年 7 月

答 诗 友

写诗若不为言志，
白话一堆难称诗。
尽览仙圣李与杜，
哪首不以情著世？

2018 年 5 月

孤　鸣

繁华烟消已曾经，
寥落门庭空座冷。
夕阳雾霭登沙丘，
雁叫长空西风听。

2018 年 6 月

自 嘲 三 首

一

少年轻狂气如虹，
老来喘弱病复穷。
隔空犹闻儿孙声，
欲见一面山万重。
度时如年昼夜长，
空巢夫妇蹒跚影。
心存万语无诉处，
奈何说与晚风听。

二

激情往昔指苍穹，
百事不成误自生。
燃尽韶华为他人，
得恨得怨无寸功。
错将公义作使命，

年复一年霜满庭。
暮然回顾来时路，
岂料身在梦幻中。

三

昔日景象去无踪，
冷落门内人孤零。
亲朋咫尺天涯远，
夫妇相对四目空。
万千期盼皆幻影，
不叹惆怅自憔容。
人人凡世俗人生，
自抚创伤波自平。

2019 年 5 月

作者与夫人（1986 年）

致　长　兄

自古人生别离伤，
其实死生皆茫茫。
福祸相伏非得已，
不恋尘世短与长。

2018 年 8 月

悼 妻 二 首

一

伊今辞世我半死，
从兹哀伤无穷时。
只恨秋风落叶早，
相逢但恐入梦迟。

二

一声霹雳晴天破，
大地失色入苍穹。
可怜英年赴黄泉，
弃我凡尘当何从。

2019 年 6 月

舛 运 迫

萧蔷祸起猝不及，
慈母死别九月里。
夫妇相继病入肓，
隔年兄长一命毙。
一人闯过生死关，
奈何老妻弃世离。
造物如此轻人生，
只留昏鸦枯树泣。

2018 年 6 月

吾儿悼母

冬雷惊骇欲灭顶，
儿母英年病殒命。
最悲是汝伤心绝，
伏地哭母不闻声。
但见双泪如泉涌，
寸断肝肠揪心痛。
昼夜七日无一语，
簌簌洒泪未稍停。

2019 年 7 月

清　明　晚　归

日暮东岭阴沉天，
几道流水几重山。
遍寻故人不知处，
山重水复明月悬。

2019 年 4 月

不　沉　沦

看淡浮沉炎凉事，
力卷黄云山河碧。
沉默大地风暴起，
刹时吹落漫天雨。

2018 年 7 月

感　　天

大地怜我狂飙起，
苍天落泪万点雨。
追不逝而时不与，
四海骚动波澜急。

2018 年 12 月

老伴病重失语的日子

小小屋内两张嘴，
长长一年无人声。
不知何处窃窃语，
原是窗外四季风。

2019 年 6 月

庚　子　春　花

几树红花照碧海，
二月春光无声来。
庚子瘟神奈若何，
劫后苍生更豪迈。

2020 年 3 月

镜　前　思

东去江河不逆流，
更无岁月可回首。
三天青锋锈色重，
只在镜中见白头。

2020 年 2 月

断　　别

昨日随风成往事，
冷暖炎凉四季知。
韶华虽去时不远，
切莫踌躇步迟迟。

2019 年 4 月

寂　寥

荣时朋满座，
困日四壁空。
白昼无人语，
夜门鬼不登。

2018 年 7 月

伤　忆

又见雨霁烟笼纱，
苔绿草黄已无花。
正是去年此时节，
夫妇病坐堤柳下。
今时今地情景同，
怎不叫人悲情发。
亡妻黄泉将一岁，
使我伤情更无涯。

2019 年 9 月

轻 装 行

负重涉远途，
悬崖隘口愁。
一旦弃顾盼，
万里云悠悠。

2019 年 8 月

向　　往

人生如流水，
浊清好自为。
水去意执着，
低流亦无愧。
人行欲攀高，
念念风物美。
向前复向上，
毕生当无悔。

2019 年 8 月

超　脱

猝变心未惊，
复劫不彷徨。
残躯虽羸弱，
余志尚如钢。

2019 年 8 月

己亥春节大雪

北风吹雪满天白，
雾锁关河银龙飞。
可怜东郊荒坡上，
但见春归人难归。

2019 年 2 月

自　　励

精气越苍穹，
纵横天地间。
心中有阳光，
日日艳阳天。

2019 年 8 月

心　　晴

眼前有黑暗，
但求心光明。
精神不沉沦，
阳光总伴行。

2019 年 9 月

健　餐

土生地瓜穿红衣，
离蔓南瓜绿欲滴。
蛋奶小米绿豆饭，
更有苞米玉颗粒。
不羡琼浆饕餮宴，
粗茶淡饭充腹饥。

2019 年 8 月

朋友邀晚餐

兄弟知我难，
亲情一句暖。
余音未落地，
早已泪涟涟。

2019 年 8 月

友 人 赠 瓜

朋友频赠瓜，

朴素无奢华。

南瓜益我病，

甜瓜适炎夏。

我得雪中炭，

不是锦上花。

此中见友情，

怡心一杯茶。

2019 年 8 月

贺同道文才

胸怀锦书过万卷，
手中巨笔大如椽。
踏遍五洲十万里，
义气鸿文天地间。

2019 年 12 月

恩　　思

生儿盈尺成人难，
感戴高堂恩如山。
常念父母妻兄时，
哭不号啕泪已干。

2019 年 9 月

心　慰

城外春光柳色翠，
又闻画眉报芳菲。
难忘前年人相依，
当不思量亦无悲。
天上琼楼无风雨，
凤舞龙腾足可慰。
东山苍苍已晴空，
未酬壮志来者追。

2019 年 3 月

旧 地 伤 游

绕城尽花开，
处处伤心地。
昔时病夫妻，
日日留足迹。
多难天不济，
刹那阴阳隔。
蹒跚相扶持，
时时影依稀。

2019 年 3 月

春　　望

归来雁飞高，
春回旭日早。
一绿遍天涯，
心潮涌波涛。

2019 年 3 月

己 亥 中 秋

又是中秋团圆聚，
枉费月圆一人去。
儿孙还家跪堂前，
墙上亡妻笑可掬。
相顾凝面口无言，
小屋悽静心饮泣。
孙问奶奶何不归，
一句使我泪如雨。

2019 年 9 月

新　　生

暖阳和风日月行，
冰开小河流淙淙。
草木原野正苏醒，
岸边枯树绿芽生。

2019 年 3 月

归 乡 难

久日渐浓是乡愁，
隔河犹望回家路。
每到岸边脚难移，
不敢迈步过桥头。
破旧老屋存记忆，
有家难归冷雨秋。

2019 年 7 月

无　　悔

人生不复回，
万难轮转催。
再起英雄志，
百死不言悔。

2018 年 6 月

如 水 向 前

清溪细浪翻，
奔流出重山。
百折不回头，
汇聚成波澜。
世间人与事，
同在大潮间。
生当学流水，
无退只向前。

2019 年 10 月

心　问

孤立旷野蓬草黄，
仰面天高白云长。
纵心连连问秋日，
何弃此身在远方。

2018 年 10 月

幸诞次孙

平生壮志少，
复夫求其他。
愿邀天上星，
共饮醉我家。

2019 年 10 月

冬　草

冰雪皑皑百草枯，
辽阔大地著素服。
野草雪下静静眠，
冬去急醒报春出。

2019 年 12 月

秋　树

冷霜删繁秋日树，
落叶枝干尤风骨。
暮中归鸟争栖息，
蓄势来日绿满目。

2019 年 10 月

示　儿

男儿立身天地间，
山崩地陷自泰然。
风暴摧城不低头，
纵是天塌腰不弯。
人生不同存壮志，
敢历万难做好汉。

2019 年 8 月

风语 诗集

作者书法习作——原创《天仙子》

南国象鼻树

天清大海近，
少有木森森。
路边象鼻树，
独木亦成林。
枝繁众根高，
无花更芳芬。
傲岸立旷野，
风暴难撼身。
悠悠岁月久，
四季皆成春。
庞然雄一方，
群花羞与论。

2019 年 9 月

挚　友

初识当年今日友，
与君相知二十秋。
屡屡济我艰困时，
不得点点回馈酬。
泽心甘醇一壶酒，
对饮月光似水流。
扶危情重借东风，
送我轻云上层楼。

2019 年 9 月

莫 过 自 负

管豹见一斑，
妄言所以然。
断毛三两根，
大谈骏马川。
凡事未究底，
自信则肤浅。
一朝得虎豹，
直呼是羊犬。

2019 年 9 月

本　色

生常明志做好汉，

无由惧天怕地陷。

誓将松竹作人格，

豪杰自古多苦难。

青春不待韶华去，

不辱当年义冲天。

如今老迈雄心在，

笑对艰难万重关。

2019 年 2 月

奈　何

饮尽天下酒，
难醉地上秋。
高山流水长，
花艳不日久。

2019 年 10 月

面 向 未 来

世上人事去无还，
安有法力复从前。
凡事不该总相忆，
宽怀前头是新天。

2019 年 9 月

立身天地间

修身城府雅从容，
冷峻柔肠铁骨硬。
顶天立地是丈夫，
不求生前身后名。

2019 年 9 月

金　秋

人生何志满，
岂在春长短。
一年好风景，
金秋得月圆。

2019 年 9 月

月 夜 探 归

云纱月光淡，
风轻花影乱。
土岗别故亲，
归家夜过半。

2020 年 3 月

复　兴

恢宏世界东方曙，
茫茫大地昆仑出。
神舟蛟龙凌空上，
华夏一派天下知。
纵横西东数千年，
人间几回逢盛世。
长歌余音天边响，
心头汹涌动地诗。

2019 年 10 月

天　行　健

陈州三月天，
岩高到山巅。
杜鹃红似火，
婷婷松涛边，
子曾教王侯，
行方而虑圆。
孜孜做人杰，
健心才致远。

2019 年 3 月

新中国成立七十周年庆

七十华诞普天庆，

满城尽吹红旗风。

乾坤翻转今非昔，

百年往事不尘封。

浴血奋起中华梦，

东方浩荡东方红。

挺拔脊梁莽昆仑，

神州泱泱正复兴。

2019 年 10 月

流　水

山上水高低，
曲折汇涧溪。
一刻步不停，
不愁顺与逆。
迢迢奔江流，
滚滚波涛起。
百转回头浪，
终归东海去。

2019 年 8 月

贸易战四首

一

列强世纪窥中原，
妥协更使贪无厌。
一拳挥出百拳开，
须当策马拔长剑。

二

虎狼危迫曛气焰，
亡我华夏未稍闲。
花样频翻千条计，
退让难偏一隅安。

三

疆土纵横万余里，
历史上下五千年。
谁见弱者能长存，
礼让豺狼更凶残。

四

朋友临门摆酒宴，
虎狼欺来长刀见。
中华儿女胆气豪，
浴血何惧战场远。

2019 年 8 月

偶　　感

四海多纷乱，
干戈相与残。
不为天下计，
唯愿家国安。

2019 年 1 月

老 逢 盛 世

举目虽无亲，
诸友心贴心。
危难真情暖，
谊重比黄金。
时时嘘饥寒，
扶我向青云。
他日得好风，
不忘报君恩。

2019 年 1 月

望　怀

家困倚仗出英才，
兴邦雄心奋发来。
试看今日天行健，
家国兴荣指可待。

2019 年 3 月

庚子早春初雨

黑云触手天欲坠，
寒意瑟瑟西风微。
向晚四野纷纷下，
是雪是雨是春回。

2020 年 3 月

渔父·花趣

花之意，
养之道，
迥异风格好独到。
鲜花艳，
绿叶茂，
人花相趣逍遥。

2019 年 9 月

水调歌头·忆先父

生老不逢时，
烽火共硝烟。
枉有经纶满腹，
投笔戍边关。
初展才情幕府，
尽睹生灵离乱，
卸甲归故园。
育人报桑梓，
登台执教鞭。

国初建，

家国难，

共时艰。

投身财经金融，

卓越交口赞。

孝亲多子家困，

竭虑积劳病患，

愁眉总难展。

毕生路坎坷，

人杰归寿短。

2019 年 8 月

渔父·秋（二首）

一

午蝉鸣，

凉夜静，

断续阴雨断续晴。

竹林暗，

池水明，

天蓝云白秋浓。

二

草青黄，

溪水澄，

落日红云落日明。

雁飞高，

柔风轻，

远山岚黛朦胧。

2019 年 9 月

碧云深·誓不低头

清风爽，
秋意浓。
厄困日久，
云重短光明。
犹见南岭霭岚中。
虽历九死，
幸尚余一生。

存一夕，
不残锋。
阵阵莺啼，
催人别残梦。
有生当迎狂澜立，
雄鹰翅断，
依然入苍穹。

2019 年 8 月

卜算子·明月夜

皓月空自明，
星幕云依稀。
大地茫茫铺银辉，
无风万籁寂。

启明思长庚，
北斗望南极。
年年月圆人不回，
夜夜伤别离。

2019 年 7 月

浪淘沙·俗殇

俗世即当俗，
出类难留。
计定江山子房游，
齐王功高一饮休。
遗恨悠悠。

旗在高杆朽，
水下鱼寿。
为人不该好出头，
昌隆位显不长久。
何如苟苟。

2019 年 7 月

采桑子·清夏

浩渺高天人难问，
半夜星辰，
半夜雨浸。
虽是仲夏爽如春。

今日犹是昨日云，
缤纷动人，
多彩动人。
风剪垂柳千万根。

2019 年 8 月

渔父·释怀（二首）

一

人生梦，

往事风，

古往几人著史中。

升启明，

落长庚，

审时量力前行。

二

生何乐，

死何哀，

本来人生自精彩。

且自好，

莫怨艾，

何须同与荣衰。

2019 年 7 月

菩萨蛮·送儿汴梁行

东去汴梁寻母乡，
朝发夕至更愁肠。
萱堂众亲远，
难遣总挂念。

曾寄了纠结，
无奈情更切。
念念入清渠，
绵绵无穷忆。

2019 年 7 月

清平乐·秋日昏睡

一阵疏雨，
几株细散竹。
寞寞长睡困难休，
睁眼仍是酸楚。

高声惊鸿梦醒，
似近孤帆云影。
天边西沉落日，
黄昏残照楼红。

2019 年 7 月

碧云深·夜雨

云垒重，
雨霏霏。
病绕暮老，
心灰空屋寂，
夜阑人天共迷离。
草木有情，
久不闻欢曲。

逆旅频，
忆壮期。
忡忡愁绪，
何人牵挂问，
伫立窗前对空叙。
桃林净土，
不如早归去。

2019 年 8 月

227

清平乐·酷夏

白日炙烤，
红云似火烧。
风掀热浪处处飘，
草木枝枯叶焦。

水泥丛林火风，
烈蒸无处遁行。
街市人迹稀少，
祈盼骤雨狂浇。

2019 年 8 月

满江红·百折不回头

豪情万丈，
不曾料，
晴空霹雳。
仰天叹，
日月空转，
江河东去。
一番抱负予流水，
满怀壮志风雷激。
命多舛，
人祸总难避，
失东隅。

夕阳近，
心不已。
重抖擞，
横长戟。
梦醒看惊鸿，
一帆风急。
马蹄飞尘追落日，
何辞危途千万里。
倚长剑，
劈开新世界，
平生意。

2019 年 7 月

渔父·夜（二首）

一

繁星明，

冷月西，

夜深未眠已闻鸡。

睡意消，

披衣起，

斜照空窗影壁。

二

人不宁，

晚来冷，

彻夜风声彻夜梦。

流水远，

群山静，

淡泊不废豪情。

2019 年 9 月

十六字令·天（七首）

一

天，
鹰击长空云舒卷。
红日出，
朝霞染半天。

二

天，
无极无垠寿无边。
看人间，
纷扰总难安。

三

天，
日月星辰出其间。
尘嚣起，
云雾携雷电。

四

天，
惯看尘世多翻转。
贪恋多，
浮沉梦一般。

五

天，
亘古走来到永远。
人生急
生命皆苦短。

六

天，
神明无数人不见。
恍惚里，
内心敬肃然。

七

天，
至高无上瞰人间。
从来事，
天理公道难。

2019 年 7 月

沁园春·圣乡渭南

华山嵯峨，

关锁三河，

千里形胜。

望长安云古，

渭水玉带。

暮鼓晨钟，

云瑞风清。

秦岭碧翠，

雄贯长虹，

平原八百横西东。

三圣出，

有隋帝二杨，

将相群星。

四方群山环屏，

成就十三王朝中兴。

壮秦师气势，

神州一统。

汉武西指，

五湖平静。

煌煌大唐，

文治武功，

辉耀古今登极峰。

复盛世，

乘中华崛起，

再起东风。

2019 年 8 月

采桑子·己亥中秋

人去风来格外愁，
年年中秋。
今亦中秋，
风卷阴霾月当头

恍若故妻破门还，
思当虚幻。
不思枉然，
此心悠悠无长短。

2019 年 9 月

忆江南·黄雀（双调韵）

林间雀，
枝头急声叫。
善飞不敢冲云霄，
心远却惧征途遥。
只在丛间绕。

双双栖，
但非长相依。
灾难来袭自纷飞，
共处荣华同比翼。
薄情心殊异。

2019 年 9 月

南柯子·登柳堤

骚长浅梦短，
平明登柳堤。
树凝珠露悬未滴，
黄水烟柳漫漫雾迷离。

朝日迟不出，
谧静无风起。
疏散林鸟始初鸣，
半天红霞道道良晨曲。

2019年9月

十六字令·地（六首）

一

地，
力载一切扶正气。
静无声，
万物赖相依。

二

地，
怀抱汪洋大无际。
气象雄，
水绕群山碧。

三

地，
滋养生灵难数汁。
姿伟岸，
鸟兽栖林密。

四

地，
群山巍峨星罗立。
戈壁沙，
沃野万万里。

五

地，
曾经千百战火洗。
不消沉，
此伏彼崛起。

六

地，
山川原野自高低。
绿不尽，
雪山下林密。

2019 年 10 月

千秋岁 · 童心

东方欲晓，

蓝天一抹红。

手相牵，

祖孙情。

幼童疾步快，

老夫喘未平。

笑声朗，

挥汗不停玩兴浓。

老幼每出行，

爷爷童趣生。

恨年迈，

梦少青。

谁见老还童，

只须童心重。

存稚真，

人老当富少年情。

2019 年 10 月

蝶恋花·冬日暖阳

久违阳光入户来，
道道金辉，
菊兰花欲开。
酷夏凉风平浮躁，
严冬暖阳天情在。

恩怨无据莫须猜，
难追已逝，
未来不萦怀。
凭栏远望云如雪，
清心淡泊得安泰。

2019 年 9 月

十六字令·人（六首）

一

人，
凌驾万物贵有魂。
强大处，
主宰了乾坤。

二

人，
形形色色难辨分。
伪装多，
良莠各有群。

三

人，
难逃俗世步凡尘。
真诚少，
贵贱劣根深。

四

人，
百折不挠志坚韧。
图生息，
无畏勇发奋。

五

人，
尔虞我诈乱纷纷，
逐功利，
唯我为中心。

六

人，
百人百姓百家论，
十万年，
无人能道尽。

2019 年 8 月

满江红·人生从容行

平地波澜，
未可测，
何该戚戚。
风暴席卷，
徒劳难拒。
天意难问不预示，
今日艳阳今日雨。
任山倾地覆倒江海，
须定力。

花冬开，

岂有据，

人相背，

莫诧异。

看世道人情，

凉热不奇。

激扬入云信天游，

起伏人生歌一曲。

纵声色讥语藏不善，

一笑去。

2019 年 8 月

作者书法习作——原创《秋夜诗》

望江东 · 珠穆朗玛峰

喜马拉雅生高极，
仰天看，
不见顶。
目尽高低皆玉白，
寒风劲，
刺骨冷。

生命禁地宝蓝空，
云如纱，
鸟灭踪。
漫说冰峰半天高，
有英雄，
争攀登。

2019 年 9 月

如梦令·阳春

阳春咋暖除衣，
一夜冷风霜凝。
瑟瑟深闭户，
懒意郊游出行。
急风，
急风，
弯月初夜当空。

2019 年 3 月

水调歌头·己亥大阅兵

风卷旌旗，

浩浩战阵。

国家秋日大点兵。

戚戚刀光影。

兵潮涌动波澜，

地动战车轰隆，

铁鹰蔽长空。

瀚海蛟龙腾，

震天战号声。

大国志，

图复兴，

势如虹。

敢犯华夏神威，

诛必环宇清。

挥别百年耻辱，

甚受列强欺凌，

试看谁争锋。

雄强不予欺，

有我卫太平。

2019 年 10 月

十六字令·山（八首）

一

山，
巍峨高耸白云间。
势磅礴，
不尽峰相连。

二

山，
逶迤不断万重关。
似人生，
负重前行难。

三

山，

欲上崇岭一百盘。

沟壑深，

清泉绕山转。

四

山，

纵横交错天边远。

愁攀缘，

步步惊艰险。

五

山，

白雪盖顶墨绿染，

无烟霏，

峰出森林间。

六

山，
非是好汉不登攀，
人迹罕，
仰止叹壮观。

七

山，
阅尽沧桑却无言。
溯既往，
遍地起狼烟。

（八）

山，
千仞壁立冲霄汉。
亿万年，
巍峨峭亦然。

2019 年 10 月

一剪梅·重阳

天朗秋高和风畅。
时维重阳，
怕到重阳。
登临崇岗四处望，
山下草青，
山上叶黄。

人生天系各短长。
卅年相依，
今分阴阳。
孤老向谁诉衷肠。
低头自问，
泪洒两行。

2019 年 10 月

小重山·闲赋

一别春华冬又冬，
候鸟急南飞，
忆往昔。
无由冲动心头起，
晴云日，
闲步寻旧迹。
残雪铺满地，
高原连远山，
风掀衣。
万卷春秋是与非，
叹平生，
志壮无功绩。

2019 年 11 月

临江仙·春梦

总想借得东风力
送我彩云深空。
寻君奔入瑶池宫。
无忧胜境,
良宵久别情。

离别相思道不尽,
心如黄连苦痛。
素来向往雕锦蓬。
倾间晨钟,
酸楚枕上梦。

2019 年 3 月

十六字令·海（六首）

一

海，
不借风暴自澎湃。
掀巨澜，
横流天地开。

二

海，
苍天作岸大无界。
广有容，
五洲入胸怀。

三

海，

生命息出此胸怀。

风雷动，

波涛连天来。

四

海，

潮涨潮落好风采。

浪如雪，

浩渺沙岸白。

五

海，

咆哮一怒波涛来，

浪千尺，

吞地使人哀。

六

海，

风和日丽飞鸥在。

多帆影，

唱晚渔舟快。

2019 年 10 月

少年游·丽日野行

尽享阳光不思量，
无风心自爽。
弃废尊卑，
一同俯仰，
普照共光芒。

辽阔万里无冰霜，
登高望四方。
雁阵穿云，
茂木苍苍，
无限生遐想。

2019 年 10 月

秋波媚·力行

不休喋喋爱说愁，
落叶不是秋。
深愁若木，
如吞烈酒，
何意开口。

听海观潮不是水，
沧海自横流。
波澜涌起，
飞身浪中，
方知激情。

2019 年 9 月

朝中措·洋奴

有人意满说西洋，
滔滔溢赞赏。
尽数人家月明，
故园星稀无光。

一枝非春，
熟睹不识，
东风浩荡。
浅见妄自菲薄，
焉知华夏风光。

2019 年 9 月

醉桃源 · 静海

朗天海阔云雪飘，
远近高飞鸟。
独自沙岸人踪踏，
近冬风雨少。

斜阳里，
波浩渺，
听海无言啸。
高波未起已落潮，
惊涛待明朝。

2019 年 10 月

临江仙·不恋旧梦

火烧梧桐难自顾，
玉堂锦绣焦枯。
久日繁花一日无。
败絮满破屋，
白发溅雨珠。

前不追思后不谋，
聊作伤心闲赋。
昔时阔院人如蜂。
散去流星快，
不待到天明。

2019 年 9 月

十六字令·风（三首）

一

风，

来自天外西又东。

一声吼，

席卷尘飞云汹涌。

二

风，

招来雷电甘霖倾。

大地醒，

滋长万物丰。

三

风，
夏送凉爽冬覆冰。
催春花，
秋叶去无踪。

2019 年 8 月

沁园春·西岐周原

秦岭北望，

野河山下，

周原故地。

看云蒸霞蔚，

葱葱两岸。

渭水劲劲，

苍苍流碧。

花香鸟语，

木秀林低，

远古风来吹断续。

周公远，

寻故迹凭吊，

人文根基。

华夏礼乐初育，

知何由周公难圣纪。

令孔圣敬仰，

崇尚复礼；

承先启后，

集成《论语》。

诸子膜拜，

万世典籍，

天下儒说终归一。

三千年，

铸华夏文明，

谁望项背。

2019 年 8 月

诉衷肠·乡聚

昨日同村夜聚茶，
相忆叙芳华。
旧时景象幕幕，
轻狂意风发。
野天阔，
烟村纱，
懒桑麻。
追风去来，
落叶时候，
满眼泪花。

2019 年 10 月

一剪梅·晴雪

西天彩云伴日落，
一时风急，
送雪夜来。
平明突见深半尺，
万物失踪，
茫茫一派。

光阴虽是飞雪季，
晴雪骤替，
亦然难解。
漫天阳光头上雪，
人意困惑，
天意何猜。

2018 年 12 月

忆秦娥·久雨天晴

雨初晴，
往日闹园静浮萍。
静浮萍，
草木绿透，
珠露晶莹。

刹时半天起东风，
云开日出分外明。
分外明，
旌旗翻影，
燕舞碧空。

2019 年 9 月

醉太平·秋日初醒

倦意未消，
才别残梦。
窗外断续唱，
凌乱响琴声。

犹思与君逢，
不信是梦中。
只觉凉气来袭，
一窗卷帘风。

2019 年 9 月

浣溪沙·重阳

九月黄花格外香，
总好登高向远望，
凝神无语自思量。

人生犹是落叶飞，
飘向何处难主张，
暮年夜夜思故乡。

2019 年 9 月

长相思·霸陵塬

霸柳烟，
霸柳风，
鸿门宴计一枕梦。
成败分枭雄。

遗恨长，
辜余勇，
绝命无颜过江东。
饮剑一命轻。

2019 年 9 月

江城子·旧河

锦鸡不惊柳林中，
满滩雾，
蓬草青。
旧时河城，
寂寞旧窗风。
楼边小河起秋波，
光闪闪，
流匆匆。

2019 年 9 月

浪淘沙·己亥中秋夜

连日阴雨天，
中秋夜暗。
明星圆月均不见，
只听静树雨点点，
更兼风寒。

独自空屋闲，
意兴阑珊。
怅恨人去家难全，
从此怕见月空圆，
凄凉流年。

2019 年 9 月

深院月·夜登少华山

道不平，
月不明，
一路崎岖一路风。
百折回转伴流水，
处处夜光是飞萤。

2019 年 9 月

潇湘神·岸望

渭水黄，
洛水黄，
两河东去断人肠。
岸上野草高五尺，
愁心更比草滩荒。

2019 年 9 月

江南春·偶感

世情薄，
心事绕。
孤行去已远，
老迈近人少。
岁月匆匆既难留，
何不闲云向野草。

2019 年 9 月

千秋岁引·夜雨

滴滴淅沥，
空街树下，
白昼继夜下不停。
脚下深浅多积水，
灯火楼下道不明。
飞车疾，
人行少，
雨携风。

无奈多被离情困，

无奈多有悲愤生。

可叹归雁孤独鸣！

当年义气不复发，

谁误我到身心穷。

总难寐，

坐卧思，

理不清。

2019 年 10 月

洞仙歌·登月

今日神州，
飞天久成行，
将要登月不是梦。
古往来，
华夏更多菁英，
敢立志，
夙愿脚踏群星。

这边月山低，
土星更近，
不远烈焰太阳红。
浩瀚无穷处，
任由飞渡，
凌云往，
天上英雄。
今试问西风吹欲阻，
看如何能敌东方巨龙。

2019 年 10 月

虞美人·重阳登高

长驱登山林苍苍，
今日正重阳。
晚秋绵雨天初晴，
丽日风送流云往来忙。

头上白发树叶黄，
但好心晴朗。
迈步天地更广阔，
远望重山秋染胜春光。

2019 年 10 月

御街行·寒露

冷风落叶飘嗖嗖。
晓来迟，
已寒露。
街城青青树萧瑟，
短衣尽换衣厚。
年年今日，
云淡风厉，
多在阴雨后。

人不寻意天渐冷。
乍暖时，
却寒流。
忘却去年草上霜，
满目白色剔透。
金秋将去，
已近严冬，
光阴谁能留。

2019 年 10 月

天仙子·松梅

屋前红梅已展枝，
连根松苗破土出。
傲霜霜消几时雪，
冰封处，
寒天主，
独秀高林擎天柱。

无需娇护自奋勇，
幼苗必成参天树。
雷霆云暴不反顾，
沐风雨，
凭寒暑，
来日雄秀栋梁木。

2019年10月

念奴娇·清风袖

晚来人生，
看余晖千里，
袖带清风。
望尽既往无所有，
财富人情皆穷。
衣食得足，
身外无求，
志在飞云空。
风物眼量，
满腔自知之明。

多少往事心头，

总难尽挥去，

回眸惊鸿。

日照西天，

青山后，

依然万丈霞红。

今夕珍重，

何须叹孤零，

朝朝新生。

春秋如旧，

豪情挥洒从容。

2019 年 10 月

声声慢·秦腔

锣鼓铿锵，
古老悠久，
戏曲之祖秦腔。
小小一方舞台，
旌旗动万马沙场。
琴如诉，
千年皆是既往，
一众群芳。

最是苦音慢唱，
娓娓叙若泣
委婉凄凉。

一唱泪落，
二唱断人肠。
幕转壮士英雄，
激昂昂浑厚沧桑。
曲终了，
多少时余音绕梁。

2019 年 10 月

水龙吟·关帝

一从桃园叩天地，
毕生甚重义气。
观尽春秋，
封金挂印，
千里单骑。
追风赤兔，
偃月青龙，
英名鹊起。
叱咤驭风云，
傲视群雄，
寰宇间，
无人敌。

荆州误蹙蚕眉，

走麦城，

遗恨历历。

后世回看，

英雄气短，

难禁唏嘘。

圣誉天下，

众生膜拜，

谁思究底。

亘古忠义一人，

争相忆，

万世遥祭。

2019 年 9 月

一剪梅·瑞雪

今日见雪九月间。
顿感肃寒，
不似往年。
大地万物尽白衣，
轻风扑来，
雾纱漫漫。

明月无力照重关。
一夜瑞雪，
激奋无眠。
情到燃时如酒酣，
醉了星辰，
醉了冬天。

2019 年 9 月

浪淘沙·山崖居

曾夜宿绝峰，
竹屋悬空，
风来摇摆如船动。
深夜星光亮作灯，
无眠心惊。

待到天拂明，
人在云空，
屋内细雾窗外松。
置身蓝天脚下望，
白浪翻腾。

2019 年 3 月

天净沙·胜景

山路如丝盘绕，
深谷悬崖峰高，
流卷雾幔缈缈。
人迹罕处，
跃过风景更好。

2019 年 3 月

菩萨蛮·胡杨林

千岁胡杨姿挺苍，
戈壁深秋醉人黄。
夕阳射入林，
斜晖灿如金。

飞鸟未归栖，
无风空寂寂。
已到回程时，
日迟游人迟。

2019 年 3 月

清平乐·清明

河水无愁，
昼夜绕城流。
细雨轻绵不自收，
仿佛情思悠悠。

执伞漫步林园，
早已游人往返。
四野一望碧绿，
初显生机盎然。

2019 年 5 月

西江月·沙漠

夙愿心仪难酬，
无缘身在沙丘。
似海流沙随风走，
极目不见尽头。

谁知沙来何由，
亘远浩渺无休。
虽是壮观为祸久，
今日要变绿洲。

2019 年 5 月

浣溪沙·草原行

秋末草黄南飞雁，
如云羊群何处见？
只听北风送轻寒。

远望朦胧大青山，
琴声幽悠人肠断，
牧歌一唱奶酒暖。

2019 年 5 月

少年游·人事无常情

亲来有时，
朋往随缘，
意狭生顾盼。
世态浩繁，
人心往来，
愈理愈烦乱。

不如放下，
无求则安，
转身心坦然。
耳顺怡怀，
勿忌人言，
夕阳自灿烂。

2019 年 5 月

浪淘沙·登凤凰岭

急驰凤凰山，
峻岭天边，
意欲攀天天更远。
追风却是风满滩，
天色将晚。

虚度数十年，
既往难返，
如何心不生遗憾。
风物总须登高看，
再越重关。

2019 年 5 月

我

我，就是我！
冰一样的烈火。
身心如此荒凉，
血却这样炽热。

我，就是我！
不逐潮流不随波。
有人好修道，
有人爱学佛。

我，就是我！
不羡权贵财富多。
帝王有其苦，
乞行亦有乐。

风语
诗集

我，就是我！
不随风向黄叶落。
无意青云上，
悠然守寂寞。

我，就是我！
生来耿直平与和。
人多追求人上人，
我只享得苦中乐。

我，就是我！
饱经沧桑无菲薄。
凭他恩成仇，
一任怨报德。

我，就是我！
历尽风云一笑过。
宠辱皆不惊，
心静无风波。

我，就是我！
顽石依旧多棱角。
强权不献媚，
富贵不附和。

我，就是我！
直面厄运不怯弱。
愈挫愈坚韧，
坎坷奈我何。

我，就是我！
不求功名与显赫。
独领风骚少，
平凡常人多。

我，就是我！
不求长生寿比鹤。
得春风时而莫得意，
患无常而有网罗。

我，就是我！
人云亦云不是我。
褒贬毁誉随他去，
恪守人格做自我。

2019 年 6 月

集后寄语

我不是诗人，更不是一个沽名钓誉的人。我用两年左右的时间所写这些诗词，无论艺术性或思想性，都不敢自诩为真正的诗或者词。这些仅仅是我对生活的理解、对人生的感悟、对人性的剖析，只是以自己认为适当的形式说出自己想要说出的话而已。从立意上讲，格局有限，站位没有那么高；从文学性上讲，也只是在门内门外之间，更不能妄言艺术。

一个没有诗词基础的人，写作本身就充满了困难，由于此前生活积累不够深厚，加之近年个人遭遇的危困，所谓人无苦难不为诗、情感平静不诗人，大概说的就是我目前的状况。有幸的是在我学习和创作，以及集成书稿的过程中，得到了许多专业人士和朋友的大力支持和无私帮助。在此，本人郑重致以崇高的敬意和真诚的感谢！

除了对朋友的感谢外，这里还要郑重声明，本书收录的所有作品，均为个人原创，是本人思想与文字融合的结晶。

最后，谨以此书告慰已经远去不回的先人和故妻，告慰劫难过后尚且苟活于世的自己，并借以激励子孙后世，无论在成长中还是生活事业中，都要坚强、勇敢地面对一切问题和困难，能够三思方举步，百折不回头，坚定向前行。同时，也以此书回馈那些在我风雨飘摇中，苟富贵、无相忘，始终不离不弃的新朋旧友们。

陈成功

2019年12月